O Senhor dos Anéis
A Guerra dos Rohirrim
Guia Ilustrado Oficial

Este livro é dedicado a Valerie Smith & Hazel Ell, duas mulheres fortes que travaram batalhas não encontradas em nenhum livro de História e que lideraram pelo seu maravilhoso exemplo.

Copyright © 2024 por Chris Smith para HarperCollins *Publishers*.
Todos os direitos reservados.

Arte, logos, excertos textuais © 2024 por Warner Bros. Entertainment Inc. Todos os direitos reservados.

Copyright da tradução © 2024 por Casa dos Livros Editora LTDA.
Todos os direitos reservados.

O SENHOR DOS ANÉIS: A GUERRA DOS ROHIRRIM e todos os personagens e elementos © & ™ Middle-earth Enterprises, LLC são licenciadas para a Warner Bros. Entertainment Inc. (s24)

'Tolkien'® é uma marca registrada da The Tolkien Estate Limited.

O Senhor dos Anéis: A Guerra dos Rohirrim, Guia Ilustrado Oficial é um guia do filme *O Senhor dos Anéis: A Guerra dos Rohirrim* e foi publicado com a permissão, mas não a aprovação, do Espólio de J.R.R. Tolkien. As citações dos diálogos são do filme, não do romance *O Senhor dos Anéis*.

Título original: *The War of the Rohirrim: Official Visual Companion*

Todos os direitos desta publicação são reservados à Casa dos Livros Editora LTDA. Nenhuma parte desta obra pode ser apropriada e estocada em sistema de banco de dados ou processo similar, em qualquer forma ou meio, seja eletrônico, de fotocópia, gravação etc., sem a permissão dos detentores do copyright.

Revisão: Brunna Prado
Diagramação: Sonia Peticov
Design: Terence Caven
Produção: Megan Donaghy

Dados Internacionais de Catalogação na Publicação (CIP)
(BENITEZ Catalogação Ass. Editorial, MS, Brasil)

G963
1. ed.

A Guerra dos Rohirrim: Guia Ilustrado Oficial/ [tradução Eduardo Boheme]. – 1. ed. – Rio de Janeiro: Thomas Nelson Brasil, 2024.
96 p.; il.; 23,4 x 18,5 cm.

Título original: *The War of the Rohirrim: Official Visual Companion*
ISBN 978-65-55115-97-0

1. Livro para colorir – Literatura infantojuvenil. 2. Tolkien, J.R.R., 1892-1973. O Senhor dos Anéis. 3. Terra-Média (Lugar imaginário). I. Boheme, Eduardo.

06-2024/108   CDD028.5

Índice para catálogo sistemático:
1. Livro para colorir: Literatura infantil   028.5
2. Livros para colorir: Literatura infantojuvenil   028.5
Aline Graziele Benitez – Bibliotecária - CRB-1/3129

Impresso no Brasil pela Ipsis

HarperCollins Brasil é uma marca licenciada à Casa dos Livros Editora Ltda. Todos os direitos reservados à Casa dos Livros Editora LTDA.
Rua da Quitanda, 86, sala 601A - Centro,
Rio de Janeiro/RJ - CEP 20091-005
Tel.: (21) 3175-1030
www.harpercollins.com.br

AGRADECIMENTOS

Gostaria de agradecer o auxílio das seguintes pessoas, sem as quais este livro não seria possível: na HarperCollins, ao David Brawn, por me permitir acrescentar outro fio na maravilhosa tapeçaria da Terra-média; ao Terence Caven, que, mais uma vez, produziu um design editorial capaz de dar um sopro de vida ao meu texto; ao Mike Topping, por mais uma excelente capa, e à Megan Donaghy, por nos conduzir até a linha de chegada. Na Warner Bros. Discovery, à Victoria Selover, à Jill Benscoter e a Melanie Swartz, que mais uma vez se superaram. Meus agradecimentos especiais à Philippa Boyens, à Phoebe Gittins e ao Arty Papageorgiou, por toda a ajuda em fazer deste o melhor guia possível para *A Guerra dos Rohirrim*.

Por fim, à minha esposa, Lorraine: eu posso ser o homem que fez este livro, mas você é a mulher que fez meu mundo.

NOTA DO AUTOR

Em certos casos, as informações históricas quanto a nomes, lugares e acontecimentos não estão de acordo com o que já foi publicado nos livros autorizados escritos por J.R.R. Tolkien ou derivados de sua obra. Isso se dá porque, sempre que possível, as informações deste livro foram retiradas primariamente de *O Senhor dos Anéis: A Guerra dos Rohirrim* e das notas, da pesquisa e de outros escritos feitos para dar apoio a este filme.

Para os leitores que quiserem saber mais sobre os acontecimentos em torno do filme, ou que desejam adquirir uma compreensão mais profunda sobre a Terra-média, recomendo fortemente que explorem as obras publicadas de J.R.R. Tolkien e de seu filho, Christopher Tolkien, em particular *O Hobbit*, *O Senhor dos Anéis*, *O Silmarillion* e *Contos Inacabados*, além de *A História da Terra-média*

O SENHOR DOS ANÉIS
A GUERRA DOS ROHIRRIM
GUIA ILUSTRADO OFICIAL

CHRIS SMITH

TRADUÇÃO DE EDUARDO BOHEME

PREFÁCIO DE BRIAN COX

Rio de Janeiro, 2024

SUMÁRIO

Prefácio de Brian Cox	10
Uma Breve História de Gondor e Rohan	12
Rohan	16
Helm Mão-de-Martelo	20
Héra	24
Edoras	28
Meduseld	32
Lief	36
Os Estábulos de Meduseld	37
Haleth	40
Háma	42
Fréaláf	44
Regiões de Rohan	46
Os Rohirrim/A Guarda Real	48
Olwyn/As Donzelas-do-escudo	50
O Povo de Rohan	52
Freca	54
Wulf	56

SENHOR THORNE DO DESCAMPADO	58
GENERAL TARGG	59
TERRA PARDA/CREBAIN	60
TERRAPARDENSES	62
ÁGUIAS	64
O PÂNTANO DA ANTIGA FLORESTA	66
O VIGIA NA ÁGUA	69
ISENGARD	73
A GUERRA DOS ROHIRRIM	74
SULISTAS	76
MÛMAKIL	78
FANO-DA-COLINA	81
O FORTE-DA-TROMBETA	82
ORQUES	86
TROL-DAS-NEVES	87
SARUMAN, O BRANCO	90
GANDALF, O CINZENTO	91
ELENCO	92

PREFÁCIO

Em minha carreira, interpretei muitos líderes, homens poderosos, especialmente figuras clássicas como Rei Lear ou o general romano Tito Andrônico. Hoje em dia, é verdade, esses personagens são vistos como dinossauros, mas em sua época, eram homens de ação, impulsionadores de eventos, dotados de um ímpeto impressionante.

Capturar esse ímpeto — uma espécie de energia demoníaca que emana desses personagens — é sempre eletrizante. Isso se aplica particularmente a Helm Mão-de-Martelo em *A Guerra dos Rohirrim*. No entanto, ele possui uma faceta adicional. Embora seja, é claro, o governante de um reino — e um governante acima de tudo —, também é um pai amoroso. E foi esse aspecto que mais me atraiu ao personagem.

Helm governa com mão equilibrada. Ele tem a habilidade de, a um só tempo, governar e compreender seu papel em um contexto histórico. Ao longo da história, vimos grandes líderes como Winston Churchill ou Napoleão, que realizaram os feitos mais extraordinários e transcenderam seus próprios mitos. Helm Mão-de-Martelo é parte dessa tradição: é o rei dos reis, o líder por natureza, aquele que reconhece o momento de fazer o sacrifício final por seu povo e sua família.

A relação de Helm com sua filha, Héra, é marcada pelo fato de que ele a subestima bastante. Héra possui uma personalidade moderna, é uma mulher independente por mérito próprio, e seu pai se esforça para compreendê-la. Quando a história começa, ele ainda não a entende completamemnte mas, conforme os eventos se desenrolam, ele começa a perceber como ela é extraordinária, e que provavelmente tem dentro de si mais força do que os irmãos.

Em Rohan, a tradição dita que as mulheres devem ser protegidas e cuidadas, restritas ao lar. No entanto, esta história antecipa uma mudança nessa dinâmica. Helm fica confuso no início, mas não é tolo: ele reconhece a força da filha e vê nela a mulher que ela almeja ser. Contudo, como pai, ele ainda deseja protegê-la de perigos, pois ele mesmo viveu uma vida de desafios.

Mas até mesmo os reis devem se curvar diante do destino. Helm, inicialmente convencido de que seus filhos herdariam o reino, é forçado a reavaliar suas convicções e a reconhecer o valor de sua filha. Portanto, para o velho Helm, é uma jornada de descoberta também. Foi isso que fez tudo se tornar real para mim, do ponto de vista da atuação, dando-me uma dinâmica interessante para interpretar, uma dinâmica que, espero, será apreciada pelo público.

Meu primeiro amor nas artes dramáticas foi o rádio, no qual, assim como nesta animação, a performance se dá inteiramente pela voz. No Reino Unido, o rádio é uma tradição muito forte e, por doze anos, participei de uma série nesse meio. Amo o rádio porque nele podemos ser qualquer coisa sem a necessidade de figurinos ou maquiagem sem precisar de figurino e maquiagem. Orgulho-me da voz que tenho, que aprimorei com a ajuda de grandes preparadores vocais como minha conterrânea escocesa Kristin Linklater, que conheci aos dezesseis anos no

Dundee Repertory Theatre. Na época, não fazia ideia do que era uma aula de voz, mas aquela única aula mudou minha vida. Posteriormente, trabalhei com a Royal Shakespeare Company e o grande Cic Berry, outro professor extraordinário.

Foi esse domínio da voz — a capacidade de variar o tom e a modulação para conduzir a performance — que sempre me sustentou como ator, desde o início de minha carreira até meu papel de Logan Roy em *Succession*. Para mim, tudo começa com a voz, e estou muito feliz por ter podido trazer essa habilidade para o papel de Helm Mão-de-Martelo em *A Guerra dos Rohirrim*. Espero que vocês apreciem tanto o filme quanto este esplêndido guia e que encontrem muitas aventuras na Terra-média de J.R.R. Tolkien.

BRIAN COX

Uma Breve História de Gondor e Rohan

Há muito, muito tempo — quase 3.000 anos antes do tempo de Helm Mão-de-Martelo e da guerra dos Rohirrim —, Sauron, o Senhor Sombrio, com sua astúcia e malícia tramou a destruição do grande reino insular de Númenor, lar dos Homens do Oeste. Nesse cataclisma, ele mesmo foi fisicamente destruído, mas seu espírito fugiu para a terra de Mordor, dando início à Terceira Era da Terra-média.

Os Númenóreanos que sobreviveram à tragédia fundaram dois novos reinos: Arnor, ao Norte, e Gondor, ao Sul. Para proteger as fronteiras setentrionais de Gondor, erigiram as pujantes Argonath sobre as Cataratas de Rauros; a oeste, no reino de Calenardhon, ergueram a impenetrável torre de Orthanc, circundada pela muralha de pedra de Isengard; e, em um vale íngreme sob as Montanhas Brancas, construíram o inexpugnável Forte-da-Trombeta como refúgio.

Por um longo período, a paz reinou, mas a Sombra, aos poucos, cresceu no Leste, ameaçando envolver a Terra-média em trevas. Seres malignos se multiplicaram, e aqueles que habitavam as terras além das fronteiras orientais e meridionais de Mordor começaram a avançar sobre as regiões mais férteis da Terra-média.

Quando a guerra civil e a peste enfraqueceram Gondor, os reinos anteriormente dominados a leste e sul passaram a realizar incursões cada vez mais ousadas nas divisas de Gondor. Isso culminou nos eventos do ano 2510 da Terceira Era [T.E.], quando Calenardhon foi assolada por homens selvagens, Lestenses sob o mando de Sauron que invadiram a região vindos das bordas orientais de Trevamata. Nesse assalto, juntaram-se a eles Orques que irromperam das Montanhas Nevoentas.

Cercados por ambas as forças no Campo de Celebrant, e à beira da aniquilação, Cirion, Regente Governante de Gondor, enviou emissários à procura de aliados. Na última hora, de forma inesperada, os Éothéod com seus 700 cavaleiros armados, homens dos vales setentrionais do Anduin liderados por Eorl, o Jovem, investiram contra o inimigo e ajudaram Cirion a derrotá-lo.

Por essa vitória crucial, que pôs fim à ameaça dos Lestenses, Eorl e os Éothéod receberam a terra de Calenardhon, que seria rebatizada como Rohan.

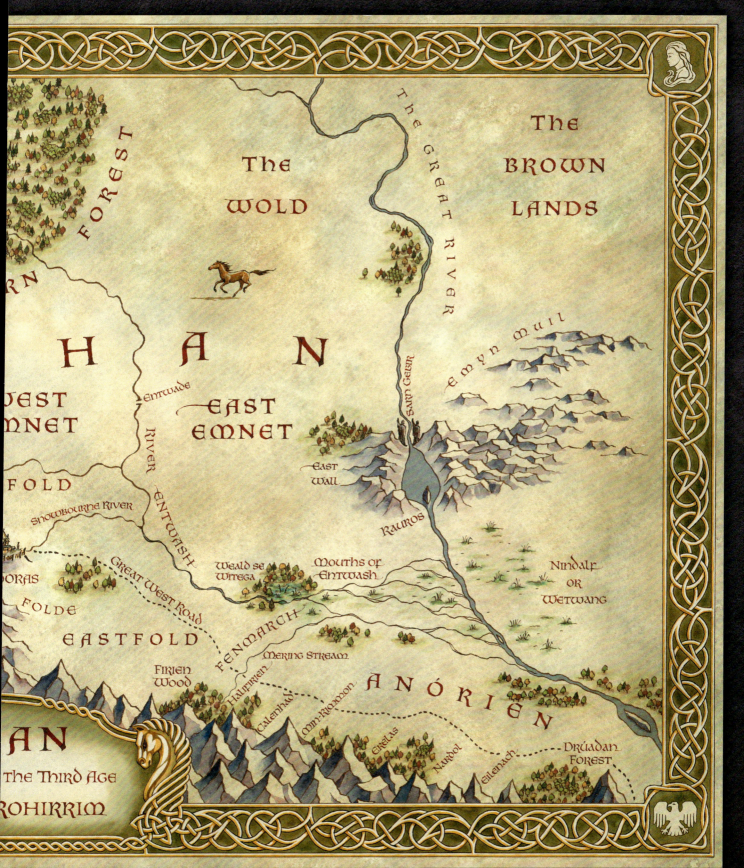

ROHAN

O reino de Rohan é uma província setentrional de Gondor. Ainda que suas vastas planícies gramadas fossem esparsamente povoadas pelos exilados númenóreanos, eles construíram duas grandes estruturas para defender a fronteira ocidental: a fortaleza inexpugnável de Isengard, como é conhecida em Rohan, e o pujante refúgio do Forte-da-Trombeta. Cada um deles fica a apenas algumas léguas a norte e a sul do Desfiladeiro de Rohan e dos Vaus do Isen. As demais fronteiras do reino são o Rio Limclaro, no Norte, que corre a partir da Floresta de Fangorn; as Montanhas Brancas, no Sul; e, no Leste, a ampla região pantanosa conhecida como Fozes do Entágua, que corre para o Rio Anduin logo ao sul das Emyn Muil.

Rohan é uma terra verdejante e fértil, ideal para a criação dos mearas, a raça especial de cavalos que o povo de Eorl, os Eorlingas, trouxe consigo e pela qual ganhou fama por toda a Terra-média. Além da capital, Edoras, o povo de Rohan vive em pequenos assentamentos, sendo que alguns cultivam a terra e outros vão seguindo os rebanhos pelas planícies amplas, conforme se movem de pastagem em pastagem. Poucos moram no Leste, visto que essa região baixa é pantanosa e, portanto, inadequada para Homens e cavalos.

As vastas planícies de Rohan tornam sua defesa um desafio, mas também dificultam sua conquista, já que a população está espalhada por toda a região. O duradouro Juramento de Amizade firmado entre Cirion de Gondor e Eorl proporcionou grandes benefícios a ambos os reinos, que se auxiliaram mutuamente em tempos de necessidade. No entanto, com a Sombra crescendo no Leste e as forças de Gondor enfraquecidas, mesmo que Helm acenda os faróis, será que essa aliança permanecerá de pé?

"A linhagem de Helm não é rompida tão facilmente."

Helm Mão-de-Martelo

Helm nasceu no ano 2691 da Terceira Era. Na época de seus ancestrais, Rohan desfrutou de longos anos de paz, mas o reinado de seu avô, Déor, testemunhou um aumento nos ataques dos Terrapardenses, que se arriscavam a atravessar o Rio Isen no Oeste.

Quando Helm tinha dezenove anos, esses homens selvagens ocuparam o anel deserto de Isengard e não puderam ser expulsos. Por muitos anos, os Rohirrim precisaram manter um grande destacamento de Cavaleiros no norte do Westfolde para defender as manadas de cavalos contra incursões e ataques. O pai de Helm, Gram, tornou-se o oitavo rei em T.E. 2718 e, durante todos os anos de seu reinado, Rohan precisou se defender de ataques dos Terrapardenses, que se tornaram cada vez mais frequentes desde que as Tribos das Colinas estabeleceram uma base dentro das fronteiras.

Alto e robusto, uma vida dedicada à guerra moldou Helm como um homem impetuoso e austero, conquistando o epíteto "Mão-de-Martelo" devido à sua grande força. Em T.E. 2741, sucedeu seu pai e tornou-se Senhor dos Eorlingas e nono rei de Rohan; Helm tinha cinquenta anos de idade, a mesma que seu pai tinha ao assumir o trono. Passaram-se apenas cinco anos desde então, o que significa que esse experiente guerreiro é um rei relativamente novo.

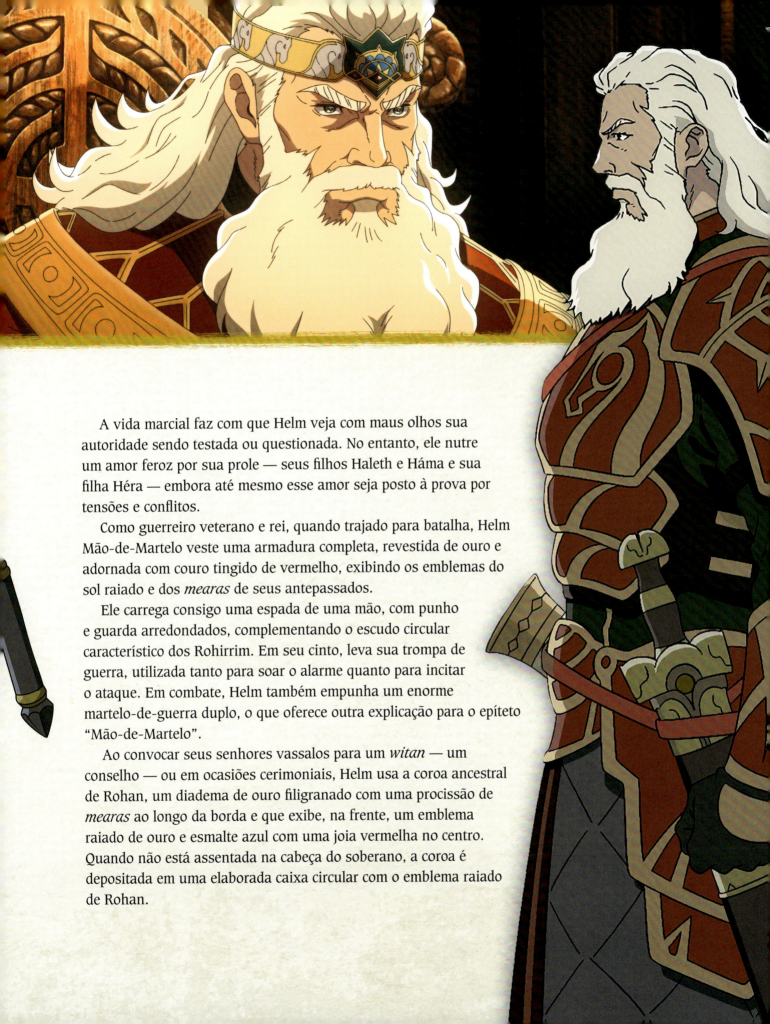

    A vida marcial faz com que Helm veja com maus olhos sua autoridade sendo testada ou questionada. No entanto, ele nutre um amor feroz por sua prole — seus filhos Haleth e Háma e sua filha Héra — embora até mesmo esse amor seja posto à prova por tensões e conflitos.

    Como guerreiro veterano e rei, quando trajado para batalha, Helm Mão-de-Martelo veste uma armadura completa, revestida de ouro e adornada com couro tingido de vermelho, exibindo os emblemas do sol raiado e dos *mearas* de seus antepassados.

    Ele carrega consigo uma espada de uma mão, com punho e guarda arredondados, complementando o escudo circular característico dos Rohirrim. Em seu cinto, leva sua trompa de guerra, utilizada tanto para soar o alarme quanto para incitar o ataque. Em combate, Helm também empunha um enorme martelo-de-guerra duplo, o que oferece outra explicação para o epíteto "Mão-de-Martelo".

    Ao convocar seus senhores vassalos para um *witan* — um conselho — ou em ocasiões cerimoniais, Helm usa a coroa ancestral de Rohan, um diadema de ouro filigranado com uma procissão de *mearas* ao longo da borda e que exibe, na frente, um emblema raiado de ouro e esmalte azul com uma joia vermelha no centro. Quando não está assentada na cabeça do soberano, a coroa é depositada em uma elaborada caixa circular com o emblema raiado de Rohan.

Héra

Com apenas 19 anos, Héra é a mais jovem dos três filhos de Helm Mão-de-Martelo e a única mulher. Filha de uma linhagem nobre, ela representa uma peça valiosa no jogo político e na construção de alianças, parecendo destinada a se tornar esposa de algum jovem príncipe gondoriano, cujos filhos desconhecerão os costumes de Rohan.

Nascida sob a lua cheia que antecede o outono, sua vida foi marcada pela tragédia desde cedo, quando a mãe morreu no parto. A princesa foi criada junto de seus dois irmãos por um rei guerreiro e aprendeu a cavalgar antes de andar, tornando-se uma das amazonas mais céleres no reino. Quando menina, tornou-se amiga de Wulf, filho do Senhor Freca da Marca-ocidental; os dois com frequência brincavam de luta, importunando um ao outro e rindo juntos. Agora, Héra é uma jovem mulher habilidosa com a espada.

Indômita, intrépida e despreocupada, Héra sabe o que quer e não permite que sua vida seja planejada por outra pessoa. É mais comum encontrá-la vestindo roupas de cavalgada, mas, quando convocada para os conselhos de seu pai em Meduseld, convencem-na a usar um longo vestido com fitas para prender seus longos e indomáveis cabelos ruivos.

Héra nutre um amor profundo pela natureza e um fascínio pelas criaturas da Terra-média, especialmente pelas águias gigantes que fazem seus ninhos no alto das Montanhas Brancas. Seu companheiro mais próximo é seu cavalo, Ashere, um garanhão turíngio, e com frequência os dois são vistos nas planícies de Rohan em busca de novas experiências. Contudo, sua existência serena pode em breve ser posta à prova se ela for forçada a assumir as consequências das ações de outros. Talvez este seja o momento para a jovem finalmente assumir o controle de seu próprio destino e escrever uma nova história para as mulheres de Rohan.

Edoras

Edoras é a capital do reino de Rohan. Foi construída durante o vigésimo sexto século da Terceira Era por Eorl e Brego, o primeiro e o segundo rei de Rohan. Sendo a capital e a corte da casa real, sua população é bem maior do que a de outros assentamentos em Rohan.

Edoras está situada em um sopé íngreme e isolado próximo às Ered Nimrais, as Montanhas Brancas, com fácil acesso à água proveniente do Riacho-de-Neve que corre ali perto. Essa posição elevada proporciona uma vista panorâmica das planícies do Westemnet e do Westfolde até o Norte. Cercada e protegida por um muro e uma paliçada de madeira, invasores a pé não conseguiriam facilmente

adentrar à força, mas, apesar de tudo, não é uma verdadeira fortaleza. Em tempos de adversidade, os habitantes de Edoras podem fugir para o Forte do Fano-da-Colina que fica próximo, ao Sul, ou para o Forte-da-Trombeta, a noroeste e mais próximo do inimigo.

A trilha que leva ao grande portão externo passa por uma fileira de oito morros: os túmulos dos reis, de Eorl até o pai de Helm, Gram. Esses montes tumulares, adornados com flores brancas chamadas *simbelmynë*, são um poderoso lembrete da profunda reverência que o povo de Rohan dedica a seus monarcas.

Apesar das devastações no Oeste, Edoras é uma cidade próspera, com mercados movimentados e habitantes contentes. A Guarda Real garante sua proteção com soldados posicionados em todo o perímetro e em Meduseld, o palácio do rei, enquanto outros se ocupam da manutenção da cidade. De fato, os afazeres de muitas pessoas em Edoras estão ligados e dependem diretamente da vida cotidiana do rei e sua casa.

Meduseld

Meduseld é o alto palácio do reino, localizado em um terraço verdejante com vista para Edoras. Construído pelo Rei Brego em T.E. 2569, é uma estrutura pujante e, quando vista de longe, seu telhado de palha parece feito de ouro.

O Paço Dourado, como é conhecido por causa disso, é onde o rei recebe seus súditos e se reúne em conselho. Meduseld é também onde ele entretém seus convidados, um local ladeado de longas mesas e bancos de madeira. Das vigas e ao longo das paredes pendem vivazes tapeçarias exibindo os emblemas do cavalo e do sol raiado. Os muitos pilares e vigas de madeira são entalhados com formas entrelaçadas e folheadas a ouro e símbolos equinos. O piso é assentado com pedras de muitos tons, e padrões estranhos se entrelaçam sob os pés. No extremo oposto do paço há um tablado e o trono esculpido do rei, além de assentos para sua família, atrás dos quais pendem seus estandartes reais.

Lief

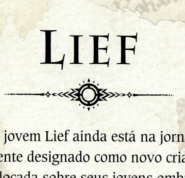

Com apenas 16 anos, o jovem Lief ainda está na jornada para se tornar um homem. Foi recentemente designado como novo criado do rei e, devido à grande responsabilidade colocada sobre seus jovens ombros, é compreensível que esteja ansioso em não decepcionar o lendário Helm Mão-de-Martelo.

Parte do cargo de criado é aprender todos os selos heráldicos do reino, de modo que consiga anunciar todos os estandartes dos senhores presentes no conselho do rei. Nem todos eles são óbvios, pois a história de Rohan abrange muitas gerações passadas. Também cabe a ele proteger os preciosos mapas e rolos que preservam as leis e os costumes do reino.

Embora ainda seja, em muitos sentidos, um garoto inexperiente, Lief tem o coração de um homem de Rohan e, quando sua amada cidade é ameaçada, espera-se que ele consiga se manter firme e fazer jus aos estandartes ancestrais que ele tanto se esforça em aprender.

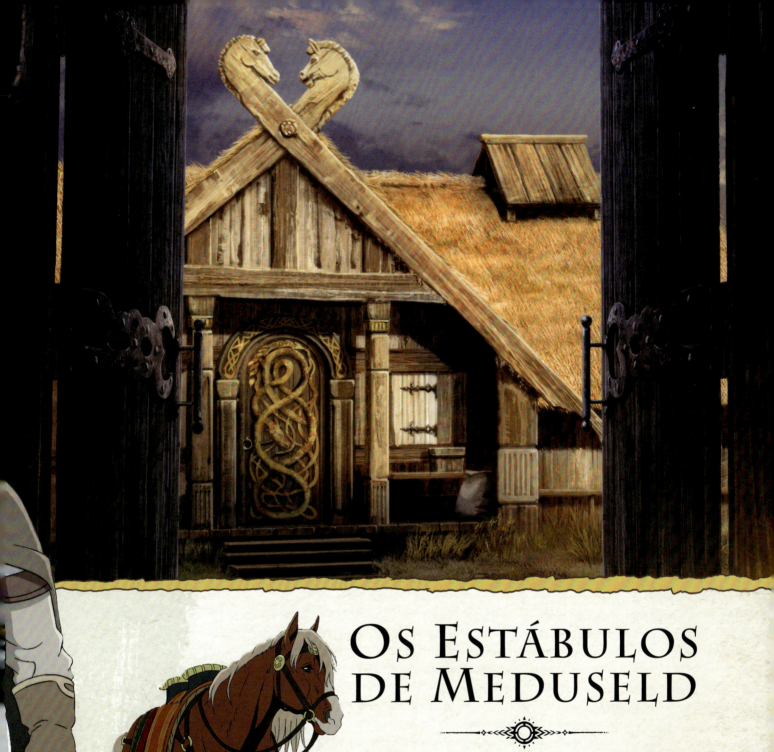

Os Estábulos de Meduseld

Junto de Meduseld há um magnífico estábulo que se iguala arquitetonicamente ao Paço Dourado, no qual os cavalos da família real são alojados. Suas muitas vigas e baias são entalhadas de modo intrincado com as formas dos *mearas*, e os cavalos alojados ali são tratados com o mesmo cuidado que os hóspedes do rei.

Haleth

Sendo o filho primogênito do Rei Helm, Haleth carrega o futuro do reino sobre seus ombros. Ao longo de seus 30 anos, viu o pai ser alçado de príncipe a rei, mas, se seu destino for seguir o exemplo de Helm, ele pode esperar passar os próximos vinte anos à sombra da coroa.

O príncipe Haleth é um homem alto e briguento, que se assemelha ao pai em muitos aspectos. Com os cabelos alourados como os de tantos de sua gente, alto e robusto, é um feroz protetor de seu povo e tem uma relação forte e amorosa com seu irmão mais novo, Háma, e sua irmãzinha, Héra. Os três não são imunes a brincadeiras e provocações entre si, mas, quando o perigo ameaça, Haleth sempre se coloca entre sua família e o inimigo, e seu sorriso fácil dá lugar a uma carranca intimidadora.

Treinado para ser rei desde o nascimento e criado por um dos guerreiros mais lendários de Rohan, Haleth se sente mais à vontade no campo de batalha, onde enfrentou Orques e Terrapardenses desde tenra idade. É hábil com espada, lança e machado, e, quando trajado em sua armadura, evoca a imagem dos heróis do passado.

Haleth tem completa confiança no pai e o segue inabalavelmente, afinal, não é ele o lendário Helm Mão-de-Martelo, que jamais perdeu uma batalha? O tempo dirá que tipo de rei Haleth há de se tornar, mas, por ora, ele é tudo o que o povo de Rohan poderia esperar, com um futuro brilhante pela frente.

HÁMA

Com apenas 22 anos, Háma é o filho do meio do Rei Helm Mão-de-Martelo. Sendo o segundo filho, sempre soube que o fardo da coroa dificilmente recairá sobre ele. Mas fica contente com isso, pois, embora ame seu pai e seu irmão mais velho, Haleth, com quem compartilha os cabelos louros dos antepassados, sua índole é muito mais gentil que a deles. Também ama sua irmã mais nova, Héra, mas em segredo inveja a liberdade que ela tem para ser quem realmente é.

Háma é igualmente apaixonado pelas canções e lendas de Rohan. Pensa em si mesmo como um poeta guerreiro e raramente é visto sem sua lira belamente entalhada, que toca como acompanhamento ao cantar sobre os heróis do passado.

No entanto, apesar de seu espírito romântico, ele também é um verdadeiro filho de Rohan: dentro de seu corpo esbelto bate um coração de guerreiro e, se convocado, Háma jamais fugirá da batalha. Embora talvez não seja o primeiro a agir — graças a uma lealdade sentimental à sua velha égua cinzenta —, Háma faz questão de que seu inimigo saiba que está frente a frente com o filho de Helm Mão-de-Martelo. Seja com a espada ao lado, seja com o arco e flecha que maneja tão habilmente, talvez Háma realize feitos que serão cantados por um futuro bardo de Rohan.

Fréaláf

F réaláf Hildeson é filho de Hild, irmã de Helm Mão-de-Martelo. Pouco se sabe sobre seu pai, mas sugere-se que talvez ele não tenha sido um dos Rohirrim e, sim, um príncipe gondoriano da cidade de Dol Amroth, a sul de Rohan.

Com apenas 28 anos, já foi designado Senhor do Fano-da-Colina e Primeiro Marechal da Marca-dos-Cavaleiros. Essa é a posição militar mais alta, e significa que o rei confia plenamente na habilidade de seu sobrinho de proteger Edoras e as terras no entorno, que são o território do Primeiro Marechal.

Fréaláf é forte e sábio, e é tão hábil em conduzir a delicada diplomacia no *witan* de seu tio quanto em liderar seu *éored* no campo de batalha. Tendo crescido com Haleth, Háma e Héra, tem um vínculo com todos eles, mas não deixa de aborrecer a prima mais nova. Também está sempre pronto para dizer a verdade ao seu rei, mesmo quando é uma verdade que Helm talvez não queira ouvir.

A lealdade de Fréaláf sempre estará primeiro na defesa do povo de Rohan e de sua linhagem de reis, qualquer que seja o risco. Mas, não sendo ele mesmo da linhagem real, o máximo que pode ser é um defensor da coroa, jamais seu detentor.

REGIÕES DE ROHAN

✤ EASTEMNET ✤

Área vasta de Rohan, localizada a leste, entre o Entágua e o Grande Rio Anduin. Seus habitantes cuidam de inúmeros rebanhos e manadas, vivendo em acampamentos e tendas até mesmo no inverno. Na fronteira oriental, erguem-se as colinas de Emyn Muil, uma das quais é Amon Hen, e a sudeste estende-se o verdejante terreno alagadiço do Vale do Entágua e o delta pantanoso das Fozes do Entágua.

✤ EASTFOLD ✤

Área do reino que se estende do Folde a sudeste e é cercada por água em três dos lados: a oeste pelo Riacho-de-Neve, ao norte pelo Entágua e a leste pelo Ribeirão Mering, que marcava a fronteira entre Rohan e Gondor. As Montanhas Brancas das Ered Nimrais formam um paredão inexpugnável a sul. Ao longo de suas encostas, serpenteia a Grande Estrada Oeste, utilizada pelos cavaleiros, que se estende de Edoras até Minas Tirith.

✤ O FOLDE ✤

A região em torno de Edoras, na porção centro-sul do reino, parte das Terras do Rei e lar da família real. A palavra em si significa "região" ou "terra". Além da cidade de Edoras, esse território abrangia Aldburg, lar do Senhor do Folde, e era alimentado pelas águas do Riacho-de-Neve.

❧ WESTEMNET ❧

Região de planícies gramadas que fica a oeste do Entágua e que se estende na direção norte até a antiga floresta, ao sul até o Riacho-de-Neve e a oeste até o Desfiladeiro de Rohan e o Rio Isen.

❧ WESTFOLD ❧

Região de campos e vales que se estende do Folde a oeste, ao longo das Ered Nimrais, até as encostas sob os imensos picos de Thrihyrne, fazendo fronteira com o rio Isen. No seu centro defensivo, o Westfolde inclui o Forte-da-Trombeta, e os homens de Westfolde correspondem à maior parte de sua guarda. A Estrada Norte-Sul dos cavalos o atravessa, indo de Edoras até Eriador, e passa pelos Vaus do Isen. A tradição do Westfolde diz que os Rohirrim devem defender essa travessia estratégica até a morte.

❧ MARCA-OCIDENTAL ❧

A região mais ocidental do reino, que fica além do Desfiladeiro de Rohan, principalmente entre os rios Isen e Adorn. Suas terras ricas e férteis avançam no rumo norte, juntando-se aos sopés mais meridionais das Montanhas Nevoentas e, mais além, à Terra Parda. É um tanto isolada do restante de Rohan devido à projeção setentrional das Ered Nimrais, cuja presença descomunal forma uma fronteira entre o Westfolde e os prados dourados e vales da Marca-ocidental.

❧ O DESCAMPADO ❧

Planaltos relvados a nordeste do reino, limitados a norte pelo Limclaro e a leste pelo Anduin; a oeste, sombria e vasta, assoma a antiga floresta. A sul fica o Eastemnet, embora as duas regiões não tenham uma fronteira formalmente estabelecida.

Os Rohirrim

Conhecidos em Gondor como os Cavaleiros de Rohan, os Rohirrim são os guerreiros montados da Marca-dos-Cavaleiros. Os jovens de Rohan começam a montar assim que começam a andar, às vezes até antes, de modo que, quando estão prontos para a guerra, já são cavaleiros fenomenais, em completa sintonia com seus cavalos, com os quais desenvolveram um vínculo tão poderoso que se movem e pensam como um único ser.

Essa cavalaria não é uma força permanente, mas composta por civis comuns, fazendeiros, pastores e comerciantes. Apenas em tempos de grande ameaça a Rohan é que são convocados. Cada *éored* de cavaleiros é formado a partir da

casa ou do assentamento de um senhor específico, a quem servem por juramento, e é liderado por um nobre ou veterano de destaque. Com os cavalos de maior excelência na Terra-média e cavaleiros que estão completamente à altura deles, os Rohirrim são os maiores guerreiros montados de todas as Eras, e não há soldado de infantaria que lhes possa fazer frente.

❖ A GUARDA REAL ❖

A Guarda Real é a guarda pessoal do rei. São escolhidos dentre os melhores guerreiros dos Rohirrim do Folde, tanto pela habilidade nas armas quanto pela lealdade à coroa. Em batalha, seguem o rei sem vacilar e estão dispostos a dar a vida para salvaguardar a linhagem dos reis de Rohan.

Olwyn

Com 45 anos, alta e severa, o cargo de Olwyn em Edoras é de aia da Princesa Héra, mas, como a jovem cresceu, ela na realidade se tornou uma espécie de mentora, mais do que serviçal ou mãe adotiva.

Olwyn lutou ao lado de Helm antes de ele se tornar rei, defendendo seu vilarejo dos invasores da Terra Parda. Ela ainda carrega seu escudo surrado, que se partiu naquele ataque, como um lembrete do perigo sempre à espreita nas fronteiras do reino.

Apesar de ter sofrido perdas, Olwyn encontrou uma maneira de viver e seguir em frente. Ela não tem paciência para tolices, mas, ao longo dos anos, ela e Héra desenvolveram uma profunda admiração mútua.

Olwyn vê a si mesma em Héra, e a princesa está entre os poucos que sabem que Olwyn é uma das lendárias donzelas-do-escudo: uma guerreira de verdade. Com um senso de humor irônico, a própria Olwyn admite que se sai melhor manejando uma espada do que uma concha de cozinha!

Intrépida, corajosa, leal, com uma extraordinária força interior, Olwyn é um exemplo brilhante da força das mulheres de Rohan. É forte o bastante para cuidar daqueles que enfrentam o medo e a necessidade, e corajosa o bastante para protegê-los em tempos de perigo.

❖ DONZELAS-DO-ESCUDO ❖

As Donzelas-do-escudo eram mulheres das regiões fronteiriças. Em dias sombrios, quando todos os homens haviam sido mortos, elas pegaram em armas e lutaram.

A elas restaram as consequências do desejo masculino de poder e controle. Defenderam Rohan quando ninguém mais poderia. Acredita-se que elas se tornaram algo do passado, mas uma donzela-do-escudo jamais dará as costas ao juramento de defender sua terra e proteger o povo de Rohan.

❖ ESCUDO ❖

Os escudos de Rohan eram feitos com placas finas de madeira, frequentemente revestidas de couro. Seu formato circular protegia tanto o cavalo quanto o cavaleiro em movimento. Uma barra de ferro fixada na parte de trás servia como empunhadura, com o punho encaixado dentro de uma bossa. Esta era grande o suficiente para acomodar a mão inteira do guerreiro, mantendo-a a uma distância segura da borda interna. Segurar o centro do escudo dessa maneira dava ao guerreiro a melhor condição para desviar qualquer golpe angular que pudesse entortar o escudo. Os Rohirrim costumavam decorar seus escudos com pinturas de sol ou imagens estilizadas dos *mearas*, a raça de cavalos poderosos e inteligentes que eram criados, montados e reverenciados pelo povo de Rohan.

O Povo de Rohan

As pessoas que cavalgaram para o Sul com Eorl, adentrando Calenardhon, eram parte de uma população crescente que originalmente vivia nas amplas planícies de Rhovanion, a sul de Trevamata. Eram altos, de compleição robusta, e seus cabelos eram predominantemente louros. Seus crescentes números fizeram com que migrassem primeiro para os Vales do Rio Anduin e depois para o Norte, para a terra entre as Montanhas Nevoentas e as Montanhas Cinzentas.

Rohan se revelou o lar perfeito, com suas campinas vastas, ondulantes e gramadas que lhes permitiram criar e arrebanhar seus cavalos e estabelecer assentamentos por toda a terra. Para além de seus estimados cavalos, as pessoas

têm pouca riqueza material fora da capital Edoras. Cultivam a terra e caçam seu alimento, fazendo roupas com peles de animais, lã e linho; aquilo que não manufaturam, negociam com Gondor.

Não há tradição escrita em Rohan, de modo que toda a sua história e suas lendas — tais como a de Fram, e de como ele matou Scatha, a Serpe, para recuperar o tesouro — são passadas oralmente, ou cantadas em canções como as que Háma gosta de tocar na lira.

A história de uma espada está conectada à história de uma família específica, e aquele que a recebe aprende tanto sobre sua história quanto sobre seus ancestrais. Tal conhecimento ajuda a enrijecer os corações e as mãos, pois os jovens guerreiros terão plena ciência de que têm de fazer jus a uma longa e nobre tradição. Ainda que não sejam uma sociedade belicosa, os 250 anos que passaram defendendo seus assentamentos de ataques deixaram-nos preparados e dispostos a pegar em armas e a defender suas fronteiras.

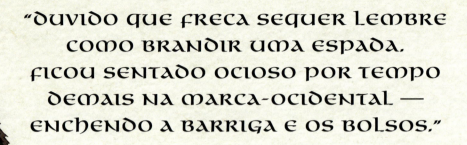

"Duvido que Freca sequer lembre como brandir uma espada. Ficou sentado ocioso por tempo demais na Marca-ocidental — enchendo a barriga e os bolsos."

Freca

Freca é Senhor da Marca-ocidental, a área no extremo oeste de Rohan que fica a sul do Isen e em um dos lados do Rio Adorn. Ele afirma que descende de Fréawine, quinto rei de Rohan, mas, por outro lado, seus cabelos e barba escuros — para não falar das tatuagens primitivas no rosto — são um argumento em favor da opinião bastante disseminada de que em suas veias corre sangue terrapardense.

Qualquer que seja a verdade, Freca tem pouco amor pela linhagem de reis de Rohan e prefere as pessoas da Terra Parda. Apesar de ser senhor e dono de terras, obtendo riqueza e poder, passou longos anos remoendo todas as coisas que as pessoas de Edoras têm e ele não: todos os privilégios de que desfrutavam por serem aliados próximos de Gondor. Sempre deu pouca atenção ao rei, tenazmente recusando as convocações para comparecer ao *witan*, o conselho.

Aos 40 anos, corpulento e orgulhoso, Freca tem quase o tamanho de Helm, e parece que sua ambição cresceu a ponto de preencher suas vestes. Talvez isso esteja por trás da razão pela qual ele ousou quebrar o costume de Rohan, convocando seu próprio *witan*. E, conforme cavalga para Edoras, acompanhado de Wulf, seu único filho e herdeiro, de Targg, seu fiel general, e da sua guarda pessoal, o mando de Rohan talvez esteja prestes a mudar.

"Venho diante deste conselho disposto a fortalecer, e não enfraquecer Rohan, pois há muito tempo há briga entre nossas casas, enquanto Gondor usurpa nossa grandeza. Eles nos respeitariam, ou melhor, eles nos temeriam, se fôssemos verdadeiramente unidos. Já passou da hora de Rohan parar de ser o cachorrinho de estimação de Gondor."

Wulf

Wulf é o primeiro e único filho de Freca, e, sendo herdeiro do Senhorio da Marca-ocidental, tem uma trajetória parecida com a de Héra. Ambos perderam suas a mães e são filhos de líderes fortes e altivos; como tal, precisam assumir as consequências das ações de seus pais.

Wulf e Héra se conheceram na infância e costumavam brincar juntos no prado dourado da Marca-ocidental, treinando suas habilidades com a espada. O garoto que um dia ela chamou de amigo tem agora 20 anos de idade e tornou-se calado e intenso, um homem que se veste com cores sombrias, ainda que lembre com carinho dos áureos tempos que passaram juntos. Ainda carrega em seu frágil coração a crença de que é apaixonado por Héra. Aqueles momentos despreocupados, quando brincavam com espadas, evoluíram para um treinamento mais sério sob a tutela do comandante de seu pai, o General Targg. Wulf agora sabe brandir sua espada perniciosamente curva e sua adaga com precisão mortal, uma habilidade que facilmente se iguala ao seu talento com o arco.

Quaisquer que sejam seus desejos pessoais, Wulf continua a ser herdeiro do futuro de seu povo e está sujeito às ambições de seu pai. Ainda que tenha crescido à sombra de Freca, também tem grande amor por ele, e qualquer ato cometido contra o Senhor Freca será vingado com força desproporcional, mesmo que isso o leve inevitavelmente ao caminho da guerra.

E, se sua afeição juvenil for desprezada, esse amor pode facilmente se transformar em um ódio patológico por Héra, Helm e todo o povo de Rohan.

Senhor Thorne do Descampado

Vindo do nordeste de Rohan, o Senhor Thorne é um nobre de aparência vistosa e ar agradável. Lutou com Helm no passado e o título de "Senhor" lhe foi concedido como resultado de sua lealdade no campo de batalha. O Descampado é uma área do reino com população significativa, e ele é capaz de convocar 300 Cavaleiros dentre o seu povo.

Como há muito tempo é próximo do trono, além de astuto observador da política de poder que opera no entorno do rei, o Senhor Thorne compreende melhor do que a maioria as expressões de descontentamento que chegam de outras partes do reino. O apreço que tem pela pompa de riqueza e de poder que vem junto com seu título significa que ele provavelmente fará tudo o que for possível para mantê-la.

General Targg

Nascido e criado na Terra Parda, Targg é comandante dos homens da Marca-ocidental, assim como dos homens das tribos das colinas que são seus aliados. Um soldado veterano de cabelos grisalhos e curtos, ele espera de seus homens absoluta lealdade, assim como ele mesmo é absolutamente leal ao seu senhor, seja ele quem for. Seus muitos anos de experiência a serviço do Senhor Freca fazem dele um sábio conselheiro de Wulf, o jovem herdeiro de Freca, e suas discretas palavras de conselho são capazes de arrefecer o calor da paixão juvenil. Apesar de sua ancestralidade terrapardense, Targg é dono de um profundo senso de integridade inerente a todos os guerreiros experimentados, e ele sempre lutará com toda a honra que seu código pessoal permitir. Contudo, quando imerso no calor da batalha, despeja sua fúria sobre o adversário.

59

Terra Parda

A Terra Parda é uma região limitada a oeste pela vasta Enedwaith e a leste pelas Montanhas Nevoentas. Composta por campos abertos e áreas arborizadas ao norte, próximas aos sopés das montanhas, é um local agradável e fértil. No entanto, assim como grande parte desta área da Terra-média, a população é escassa, tendo sido negligenciada pelos reis quando era um reino de Gondor e contornada pela estrada Norte-Sul, que leva viajantes de Minas Tirith até as Colinas das Torres na distante Eriador.

Quando a população de Calenardhon diminuiu, os homens da Terra Parda cruzaram o Rio Isen para se estabelecerem ali, mas foram repelidos pelos Rohirrim. Aqueles que agora habitam a região são uma mistura de homens primitivos das Tribos das Colinas e proprietários de terras e fazendeiros mais sofisticados, todos chamados de Terrapardenses e todos inflamados de ódio pelo povo de Rohan.

Mas os Homens não são os únicos que já viveram na Terra Parda. Há muito tempo, ela foi o lar dos Grados, Hobbits que se estabeleceram ali antes de migrarem para o Norte, em busca de um lar no Condado.

CREBAIN

Crebain são grandes corvos negros encontrados principalmente na Terra Parda, embora se afirme que também podem ser vistos na antiga floresta a leste de Isengard. São aves carniceiras e veem em qualquer homem ou criatura tombada uma oportunidade de se alimentarem. São criaturas muito inteligentes e, após muitas gerações dividindo a mesma terra, desenvolveram uma branda afinidade com os homens das tribos das colinas na Terra Parda, que os convocam para serem seus batedores quando fazem incursões no oeste de Rohan.

Terrapardenses

Nos anos da Segunda Era anteriores ao estabelecimento dos Númenóreanos na Terra-média, pastores primitivos e homens das colinas habitavam as terras a oeste e sul das Montanhas Nevoentas, chegando até as Montanhas Brancas e por todas as extensas florestas de Enedwaith que prosperavam entre as montanhas e o mar. Incultos e supersticiosos, eram cautelosos quanto aos homens altos que vieram do Oeste, e passaram a temê-los e odiá-los quando foram expulsos de sua terra, vitimados pela voracidade insaciável dos Númenóreanos por madeira para construção de navios — alguns foram para o Norte, e se tornariam ancestrais dos homens de Bri.

Quando Eorl e seu povo receberam as terras de Rohan, rechaçaram de seu novo território os remanescentes desses "homens selvagens", conquistando deles ódio amargo e duradoura inimizade. Não surpreende que os Terrapardenses agora ataquem com frequência os assentamentos mais remotos de Rohan, vingando-se dos usurpadores na calada da noite. Como resultado, Rohan mantém patrulhas e guarnições a oeste, nos Vaus do Isen, em uma tentativa de limitar esses ataques.

Os Terrapardenses são um povo forte e resoluto, grandes e poderosos, mas, mesmo que muitas Tribos das Colinas ainda sejam de homens selvagens de outrora, com cabelos e barbas longos e desgrenhados carregando lanças toscas, nos longos anos de contato com Rohan alguns ficaram mais sofisticados, chegando quase a rivalizar com seus vizinhos. Apesar das aparentes diferenças, os Terrapardenses se assemelham por jamais terem tido um Alto Senhor, a menos que surja alguém capaz de uni-los para vingar antigas injustiças.

ÁGUIAS

Na Terceira Era da Terra-média, as Grandes Águias são as mais nobres de todas as criaturas. Têm seus ninhos entre os picos das Montanhas Nevoentas e as Ered Nimrais, a sul de Rohan.

As Águias estão também entre as maiores criaturas da Terra-média, com cerca do triplo da altura de um homem. Mesmo uma Águia recém-empenada, com plumagem branca, tem pelo menos o dobro da sua altura. Devido ao seu tamanho, são capazes — se assim desejarem — de carregar uma pessoa ou, em circunstâncias excepcionais, talvez até algo que pertença a essa pessoa.

Afirma-se que muitas compreendem a Fala Comum, e até mesmo que falam um idioma próprio, mas apenas com os magos.

O Pântano da Antiga Floresta

Na extremidade sul das Montanhas Nevoentas está o último remanescente de uma floresta selvagem e anciã que outrora cobriu grande parte da Terra-média. É um lugar de sombras e mistério, repleto de troncos retorcidos e

trepadeiras emaranhadas, cujo dossel bloqueia muito da luz que vem de cima. Dessa maneira, os limites meridionais dessa floresta sinistra constituem uma fronteira impassável a norte de Rohan.

As lendas falam de estranhas criaturas à espreita ali dentro; uns dizem que as próprias árvores são capazes de andar e falar. Caso não queira desaparecer para jamais ser visto de novo, seria sábio da parte de um viajante evitar se arriscar para dentro de suas fímbrias.

Correndo na direção leste pela floresta, rumo ao Grande Rio Anduin, está o Entágua, e no lugar em que o rio e a floresta se juntam encontra-se um pântano desagradável e traiçoeiro, lar de ainda outras criaturas das sombras.

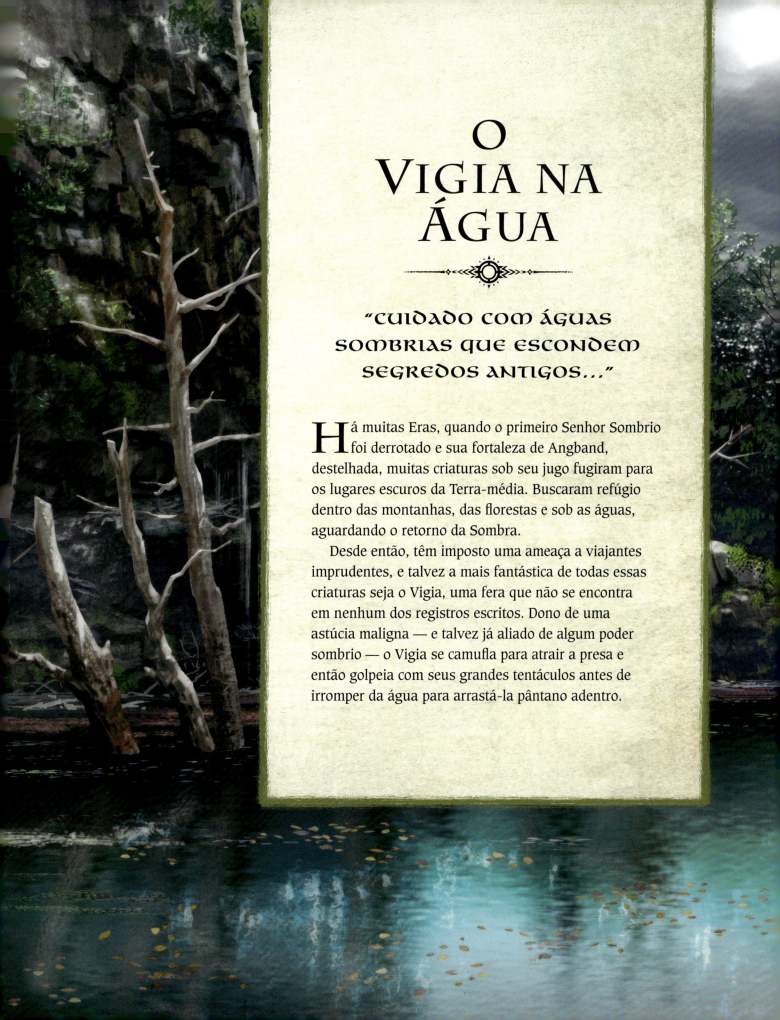

O Vigia na Água

"Cuidado com águas sombrias que escondem segredos antigos..."

Há muitas Eras, quando o primeiro Senhor Sombrio foi derrotado e sua fortaleza de Angband, destelhada, muitas criaturas sob seu jugo fugiram para os lugares escuros da Terra-média. Buscaram refúgio dentro das montanhas, das florestas e sob as águas, aguardando o retorno da Sombra.

Desde então, têm imposto uma ameaça a viajantes imprudentes, e talvez a mais fantástica de todas essas criaturas seja o Vigia, uma fera que não se encontra em nenhum dos registros escritos. Dono de uma astúcia maligna — e talvez já aliado de algum poder sombrio — o Vigia se camufla para atrair a presa e então golpeia com seus grandes tentáculos antes de irromper da água para arrastá-la pântano adentro.

Isengard

Durante a Segunda Era da Terra-média, os Númenóreanos estavam no zênite do seu poder. Erigiram muitas coisas maravilhosas e pujantes: as Argonath, estátuas enormes de Isildur e Elendil que protegiam a fronteira setentrional de Gondor; as torres e baluartes do Portão Negro que guardavam contra o retorno de Sauron; e Isengard.

Dentro do muro circular de Isengard ficava a torre de Orthanc, formada por quatro pilares inquebráveis de obsidiana, fundidos por métodos ainda desconhecidos. Orthanc se ergue a 150 metros de altura e é cercada por uma muralha circular profunda com 1,6 quilômetro de diâmetro, dentro da qual há um outro muro mais antigo de pedra.

Desde que a linhagem dos reis foi interrompida, Isengard ficou em mau estado, com o muro interior e outras edificações se esfacelando e o portão principal quebrado. Ainda há uma torre menor, mas também está em ruínas. É agora o salão do trono do misterioso Alto Senhor das Tribos das Colinas, comandante de um enorme exército com meio milhar de Terrapardenses, homens tribais e Sulistas mercenários.

A Guerra dos Rohirrim

É longa a história que as pessoas de Rohan e da Terra Parda compartilham. Ao longo do tempo, houve juramentos de fidelidade à linhagem dos reis de Rohan, atos de hostilidade cometidos um contra o outro, e o sangue correu tanto pelo chão quanto pelas veias das famílias que agora habitam essas terras.

Por gerações, os de sangue terrapardense fomentaram o ressentimento, deixados ao relento enquanto os reis de Rohan alimentavam a fogueira da amizade com os

aliados em Gondor. No entanto, agora que as Tribos das Colinas da Terra Parda estão acampadas dentro dos próprios muros de Isengard, junto de mercenários de terras estrangeiras, tudo a apenas algumas léguas de Edoras, capital de Rohan, parece que o futuro do reino está a ponto de explodir.

Conforme Freca, Senhor da Marca-ocidental, cavalga para Edoras acompanhado de seu único filho e herdeiro, Wulf, e do comandante de suas forças, o General Targg, parece que o rastilho está para ser aceso. A guerra se aproxima dos Rohirrim, e o reino de Rohan parece prestes a se despedaçar.

> "CAVALEIROS DA MARCA! IRMÃOS DE ROHAN! À CARGA! À CARGA AGORA! TINGIREMOS A AURORA DE VERMELHO COM O SANGUE DOS NOSSOS INIMIGOS!"

Sulistas

O povo nômade e belicoso de Harad vive em um dos ambientes mais hostis da Terra-média. Nas terras a sul de Gondor, o sol feroz abrasa as grandes planícies de Harad, desertificando-as. Ainda mais ao sul, no Extremo Harad, afirma-se que há selvas densas onde é possível encontrar as gigantes criaturas parecidas com elefantes, os *mûmakil*.

Em batalha, com os rostos pintados, os mestres-de-feras montam os *mûmakil* impelindo-os contra os inimigos, causando terror e pânico, e disparam flechas sobre eles. Os Sulistas guerreiros com frequência usam máscaras de couro, bambu e osso para intimidar ainda mais os inimigos. Não carregam escudos, brandindo, em vez disso, malignas espadas curvas e adagas, e lanças longas com grande ferocidade.

⚔ VARIAGS ⚔

Assim como todos os povos a sul e a leste de Mordor, os Haradrim e os Variags, ou Sulistas, como também são chamados, são hostis a Gondor e seus aliados, e estão dispostos a se arriscar indo para o Norte, oferecendo serviço de mercenários para infligir guerra a eles. Os Rohirrim usam o termo "Variag" em referência a qualquer inimigo que lute como mercenário, da mesma forma que a palavra "assassino" é usada no linguajar corrente.

"Outra ameaça surgiu na divisa oriental de Rohan... sons estranhos foram ouvidos à noite."

Mûmakil

Encontrados apenas nas selvas do Extremo Harad, os *mûmakil*, ou olifantes, são criaturas tão fabulosas e temíveis quanto os dragões. O medo e a superstição os precedem, e poucos conseguem se opor e resistir a essas enormes feras de batalha, que dirá abatê-las.

Os relatos sugerem que têm 15 metros de altura, com duas grandes presas em cada lado da boca. Quando avançam na batalha, urram e gritam altíssimo, e sua aproximação é anunciada por um ruído atroador que faz a própria terra tremer.

Cada mûmak é cuidado por um mestre-de-feras, que se comunica com o animal soprando uma trompa de formato estranho e o conduz para a batalha do alto de um assento com dossel adornado de marfim e outros troféus. Grandes panos vermelhos e negros, decorados com estranhos símbolos, pendem de cada lado da fera, permitindo que o mestre suba até a plataforma. Além disso, o *mûmak* é protegido de ataques por uma armadura com cravos nas pernas e nas presas.

Fano-da--Colina

Quando os Nortistas começaram a explorar seu novo território, o local mais antigo e misterioso que encontraram foi o Forte do Fano-da-Colina, fortaleza construída em tempos pré-históricos por Homens da Montanha. Devido à sua posição defensiva e proximidade de Edoras, tornou-se um refúgio confiável para os Rohirrim em tempos de guerra. Consiste em uma trilha íngreme e sinuosa que sobe a centenas de pés até chegar num platô gramado, circundado de todos os lados pelas Montanhas Brancas. O caminho, ladeado por estátuas de pedra dos misteriosos Homens-Púkel, atravessa o platô, passando por um vale estreito, escuro e arborizado que é a passagem assombrada da Dimholt até chegar a um portal pequeno e sombrio. Aí está o início das Sendas dos Mortos.

O Forte-da-
-Trombeta

O Forte-da-Trombeta é um antigo refúgio de pedra encravado na Garganta-do-Abismo, um vale estreito de paredes íngremes situado sob os vultos enormes das montanhas de Thrihyrne. Afirma-se que foi construído nos primeiros dias de Gondor pelos Homens de Númenor, com o auxílio de gigantes. Quer isso seja verdade, quer não, suas espessas paredes de pedra jamais foram rompidas. Os anos em desuso testemunharam a decadência na sua conservação, até que foi restaurado pelo Rohirrim.

Abrange uma torre com mais de 90 metros de altura, cercada por muros circulares fortificados dos lados interno e externo, sendo que o de fora fica 30 metros acima do solo. A única entrada é pelos Grandes Portões, enormes e de madeira, situados entre duas torres-de-guarda, e ali se chega por uma rampa curva de pedra.

No pátio interno há arcadas esculpidas na rocha nua que levam a salões, aposentos, depósitos e muitos caminhos secretos que poucos conhecem. Em dias normais, apenas um pequeno destacamento de guardas com um capitão fica posicionado ali, enquanto o Forte-da-Trombeta e seus aposentos são cuidados pela Velha Pennicruik, uma idosa mórbida que é Zeladora do Forte há quarenta anos.

Conectando o Forte-da-Trombeta com o outro lado da ravina, a Muralha do Abismo tem mais de 18 metros de altura e 90 de comprimento. A rampa é larga o bastante para quatro homens passarem lado a lado. A estrutura inteira é de rocha sólida, exceto por um pequeno canal de escoamento no meio da muralha, o que significa que os defensores conseguem resistir a um cerco resoluto — mas só enquanto os suprimentos durarem...

ORQUES

Após a derrota do Senhor Sombrio, Sauron, quase três mil anos antes, suas criaturas que não foram destruídas fugiram para as sombras. Agora que a Sombra voltou a escurecer a Terra-média, muitos dos Orques que se esconderam nas Montanhas Nevoentas, construindo fortalezas secretas, ou que haviam se retirado para Mordor, reapareceram, atacando os povos de Rohan e Gondor no cumprimento das ordens de seu mestre, ou procurando coisas que foram perdidas.

Trol-das-neves

Os trols-das-neves são o tipo mais perigoso de trols que restaram na Terceira Era da Terra-média. Como o nome sugere, vagam pelos cumes das montanhas, raramente descendo de lá até os sopés e os vales. Contudo, se o inverno estender suas garras geladas para mais longe, é melhor que todos tenham cuidado.

Ao contrário dos seus parentes que habitam as cavernas, os trols-das-neves são dotados de inteligência e de uma malícia natural. E, para piorar, não temem o sol, que não tem efeito significativo sobre ele, de modo que são uma ameaça a qualquer momento do dia. Se alguém for insensato o bastante para atacar um trol-das-neves, ele vai lutar até a morte.

A maioria tem o dobro ou o triplo da altura de um homem, e são muito fortes. Têm braços grossos e as pernas típicas da espécie, com dois dedos, além de olhos grandes, vermelhos e fixos acima dos quais se projetam grandes chifres; sua pele cinzenta e escamosa é mais espessa nos braços, ombros e nas costas, conferindo-lhes uma armadura natural. Algo incomum para a espécie é que alguns chegam até mesmo a ter barbas brancas.

Saruman, o Branco

Saruman, o Branco, é o chefe e maior dos Istari, a Ordem dos Magos que veio do Oeste para a Terra-média em T.E. 1000 para auxiliar os Povos Livres em sua contenda com o Senhor Sombrio, Sauron. É membro do Conselho Branco, do qual também faz parte o mago Gandalf, e outros integrantes dentre os Sábios, incluindo os Elfos Galadriel e Elrond.

Saruman tem grande perícia com as mãos, o que lhe rendeu seu nome élfico, Curunír, "homem de engenho". Com exceção do próprio Senhor Sombrio, não há ninguém na Terra-média mais versado no saber dos Anéis, e suas investigações sobre as obras de Sauron o levaram a acreditar que o Um Anel talvez esteja próximo ao Rio Anduin, na fronteira ocidental de Rohan. A menos que já tenha sido encontrado...

Gandalf, o Cinzento

Durante sua estadia na Terra-média, o mago Gandalf viajou por toda a parte entre os povos de lá, na tentativa de inflamar seus corações e fortalecer sua determinação contra Sauron. Suas viagens lhe renderam muitos nomes, mas o símbolo com que assina suas mensagens é sempre o mesmo: uma runa G.

Como membro do Conselho Branco e guardião contra o retorno da Sombra, qualquer rumor de que os Orques andam procurando um anel dourado acaba despertando sua curiosidade.

Elenco

HELM MÃO-DE-MARTELO
Brian Cox

HÉRA
Gaia Wise

FRÉALÁF HILDESON
Laurence Ubong Williams

WULF
Luke Pasqualino

OLWYN
Lorraine Ashbourne

HALETH
Benjamin Wainwright

HÁMA
Yazdan Qafouri

FRECA
Shaun Dooley

GENERAL TARGG
Michael Wildman

LIEF
Bilal Hasna

VELHA PENNICRUIK
Janine Duvitski

SENHOR THORNE
Jude Akuwudike

SARUMAN, O BRANCO[*]
Christopher Lee

ÉOWYN
Miranda Otto

*Com a permissão dos executores de seu espólio, a voz de Christopher Lee foi usada para Saruman com os áudios existentes nos registros sonoros da trilogia O Senhor dos Anéis.